## CUENTO DE LUZ

*A mi padre.*

*A los niños que viven en zonas de conflicto,*

*para que puedan ver volar su cometa de la PAZ.*

— Ana A. de Eulate

## FUNDACIÓN COMETA

La autora y la ilustradora ceden los ingresos
de su obra a la Fundación Cometa.
www.fundacioncometa.org

## El cielo de Afganistán

© 2012 del texto: Ana A. de Eulate
© 2012 de las ilustraciones: Sonja Wimmer
© 2012 Cuento de Luz SL
Calle Claveles 10 | Urb Monteclaro | Pozuelo de Alarcón | 28223 Madrid | España | www.cuentodeluz.com

ISBN: 978-84-15503-00-2

Impreso en PRC por Shanghai Chenxi Printing Co., Ltd., abril 2012, tirada número 1273-04

FSC
www.fsc.org
MIXTO
Papel procedente de
fuentes responsables
FSC® C007923

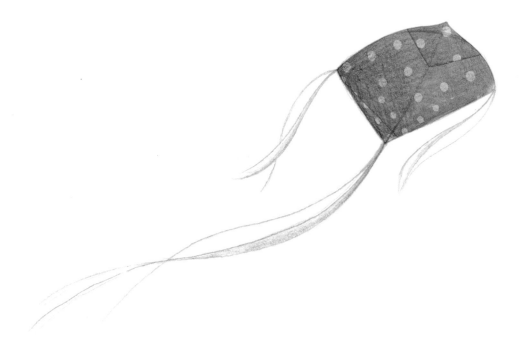

# El cielo
# de Afganistán

Ana A. de Eulate · Sonja Wimmer

Miro al cielo, cierro los ojos
y mi imaginación empieza a volar...

Vuela entre las nubes del país que amo:
Afganistán.

El cielo puede estar lleno de cometas -pienso-
Pero también de sueños...

Y el mío se eleva alto, muy alto,
hacia las estrellas...

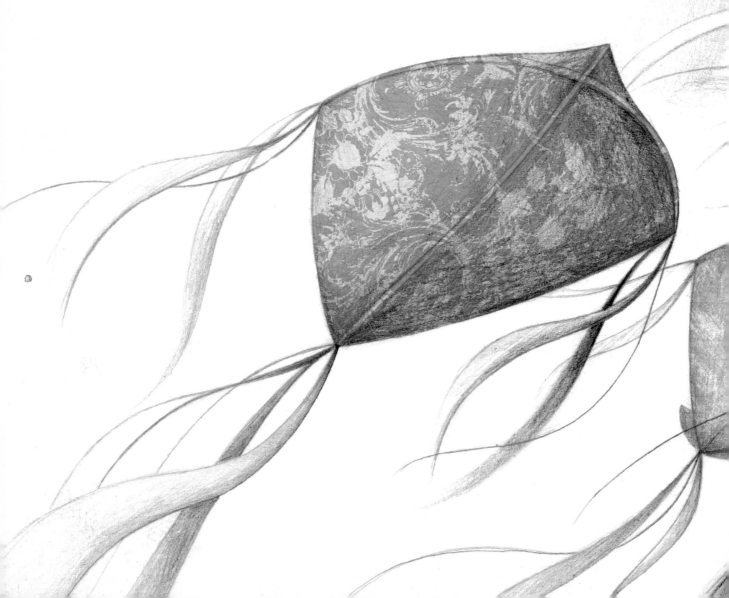

Soy una niña afgana, que no
cesa de soñar...
Y mi sueño se dirige a todas
las regiones, se introduce en
las casas,
en los hogares, en las familias,
en los corazones...

Se refleja en la sonrisa de otros niños,
en esos bellos ojos llenos de curiosidad
y afán por aprender,
que mi país también posee.
Y en esa sonrisa que, aunque escondida,
alberga dulzura y serenidad.

Quiero volar alto, muy alto,
¡¡¡como una cometa en el cielo!!!
Quiero sentir con mi mano
la fuerza del cordel,
que tira y reclama el viento.

Siento que puedo realizar ese sueño.
Un sueño maravilloso en el que todos nos damos la mano,
en el que se brinda una nueva oportunidad,
en el que nuestras pisadas dejan huella para la eternidad.

En la que el silencio reina,
y el ruido de la guerra se marcha de verdad.

Yo haré que vuele esa cometa luminosa de la paz.
Porque es posible, tengo la certeza.

Porque soy una niña afgana
y llevo dentro de mí, en mi corazón,
todos los demás nombres,
de gente inocente de mi país.

Y llevo en mí, un futuro,
que se construye con cimientos
de esperanza.

Y llevo en mí la certeza de que todo es posible,
de que pueden abrirse enormes puertas y ventanas,
de que puedo y quiero aprender,

de que guiaré mi cometa,
bien alto, rumbo hacia las estrellas,
hacia el amanecer.

Y de que sentiré la brisa del viento acariciando mi cara,
de que cerrando mis ojos y abriendo los de mi corazón,
veré realizado mi sueño,
que es el mismo que anhela mi pueblo.

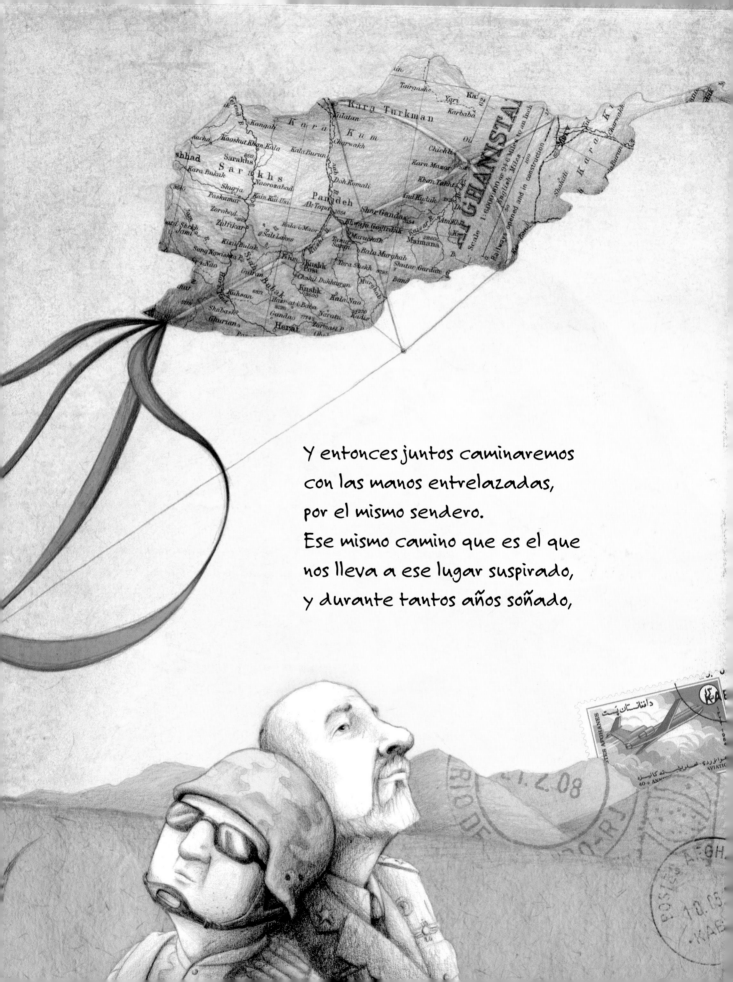

Y entonces juntos caminaremos
con las manos entrelazadas,
por el mismo sendero.
Ese mismo camino que es el que
nos lleva a ese lugar suspirado,
y durante tantos años soñado,

en el que reina la concordia,
el de la alianza,
el que... permítanme que mis ojos se llenen de lágrimas,
nos conduce hacia la PAZ.